AF454851

4 fevrier 1891

CATALOGUE

D'UNE

COLLECTION D'OBJETS CHINOIS

Recueillis pendant la Campagne de 1860

DONT LA VENTE AURA LIEU

HOTEL DROUOT, SALLE N° 5

Le Mercredi 4 Février 1891

à 2 heures

Me Paul CHEVALLIER	M. Charles MANNHEIM
COMMISSAIRE-PRISEUR	EXPERT
10, rue de la Grange-Batelière, 10	7, rue Saint-Georges, 7

EXPOSITION PUBLIQUE

Le Mardi 3 Février 1891, de 1 heure à 5 heures 1/2.

HOMO
ADDITVS
NATVRÆ
IMPRIMERIE DE L'ART

CATALOGUE

D'UNE

COLLECTION D'OBJETS CHINOIS

Recueillis pendant la Campagne de 1860

DONT LA VENTE AURA LIEU

HOTEL DROUOT, SALLE N° 5

Le Mercredi 4 Février 1891

à 2 heures

Me Paul CHEVALLIER	**M. Charles MANNHEIM**
COMMISSAIRE-PRISEUR	EXPERT
10, rue de la Grange-Batelière, 10	7, rue Saint-Georges, 7

EXPOSITION PUBLIQUE

Le Mardi 3 Février 1891, de 1 heure à 5 heures 1/2.

CONDITIONS DE LA VENTE

Elle sera faite au comptant.

Les acquéreurs payeront *cinq pour cent* en sus des adjudications, applicables aux frais de la vente.

L'exposition mettant le public à même de se rendre compte de l'état des objets, il ne sera admis aucune réclamation une fois l'adjudication prononcée.

N. B. — Les numéros marqués d'un astérisque (*) proviennent du Palais d'Été de Yuen-min-Yuen.

Paris. — Imprimerie de l'Art, E. Ménard et Cie, 41, rue de la Victoire.

DÉSIGNATION DES OBJETS

BRONZES

1 — Idole en bronze japonais creux : la Mère divine (Kwân-yn) avec le jeune dieu sur ses bras, assise sur un quadrupède imaginaire; plusieurs parties sont dorées. — Haut., 29 cent.

2 — Idole en bronze japonais creux, doré par endroits : Bonze sacré assis sur un cerf. — Haut., 31 cent.

3 — Brûle-parfums en cuivre ciselé avec couvercle à jour. Travail chinois. — Haut., 11 cent.; long. 17 cent.

*4 — Idole bouddhiste en bronze massif doré, avec incrustations en pierres dures. Le Bôdhisattva, encore paré des ornements royaux, ses cheveux bouclés tombant sur le dos, assis sur un lotus et portant dans ses mains le vase à aumônes. Type hindou. Il est enveloppé dans un manteau de brocart. — Haut., 19 cent.

*5 — Autre Bôdhisattva, plus avancé dans sa carrière sacrée, ce qu'indiquent ses cheveux noués sur le haut de la tête à la façon des ascètes. Bronze massif, doré par endroits et incrusté de pierres fines. — Haut., 115 millim.

Ces deux objets ont leur socle, en forme de lotus, plein d'offrandes pieuses et de prières.

*6 — Branche d'arbre en bronze doré, écorce sculptée au naturel; socle en marbre noir. — Haut., 21 cent.

*7 — Tour chinoise à clochettes, en bronze doré, avec socle en marbre noir. — Haut., 17 cent.

*8 — Pavillon de pagode en cuivre doré ciselé, avec double socle : l'un en bois de fer, l'autre en jade vert clair formant soubassement et escalier (trois marches). — Haut., 19 cent.

*9 — Chien fantastique en bronze massif, avec socle en marbre noir. — Haut., 8 cent.

*10 — Petit écureuil en bronze doré, très finement ciselé. — Long., 45 millim.

*11 — Trois petites statuettes de travail européen, représentant: le Printemps, l'Été et l'Automne. — Haut., 9 cent.

Ces figurines ont été trouvées dans le Palais d'Été, où elles servaient d'ornement à des tringles de rideaux.

12 — Gong grand modèle et son marteau en corde. — Diam., 49 cent.

ÉMAUX ET CLOISONNÉS

*13 — Brûle-parfums en émail cloisonné blanc, de fabrication très ancienne : quadrupède lourdement dessiné, monté sur un socle en bois de fer. — Haut., 28 cent.; long., 41 cent.

*14 — Brûle-parfums en émail cloisonné bleu, forme quadrangulaire, avec couvercle également en cloisonné bleu, surmonté d'un chien fantastique en bronze. Le corps du vase est monté sur quatre pieds en bronze sculpté. — Haut., 29 cent.; larg., 19 cent.

*15 — Brûle-parfums en émail cloisonné bleu, forme ronde, sur trois pieds; anses formées de dragons en bronze doré. — Haut., 155 millim.; diam., 155 millim.

*16 — Vase à fleurs en forme de bouteille, cloisonné bleu. — Haut., 155 millim.

*17 — Brûle-parfums en cloisonné, forme mortier, avec anses et pieds en bronze sculpté, très ancien, émaux riches de ton. — Haut., 10 cent.; diam., 16 cent.

*18 — Petit coq en émail cloisonné figurant une sorte de char dont la roue est également en cloisonné. Travail de la plus grande finesse. Socle en marbre. — Haut., 75 millim.

19 — Deux plats, forme sébile, en beau bronze poli à l'intérieur, cloisonné et émaillé bleu autour de la panse. Les cloisons dessinent une inscription en caractères têtards. — Diam., 165 millim.

*20 — Deux têtes du dragon impérial, en cuivre rouge repoussé, émaillé bleu. — Largeur de la tête, 19 cent.; long., 14 cent.; haut., 12 cent.

Ces deux têtes formaient mascarons de chaque côté du lit de l'empereur au Palais d'Été.

JADES

*21 — Jade vert émeraude. Petit médaillon circulaire portant un paysage sculpté sur chaque face ; monture en bois de fer. — Haut., 95 millim.; larg., 65 millim.

*22 — Jade blanc laiteux. Deux coupes de forme hémisphérique, dont la panse, finement sculptée, représente, pour chacune, huit divinités du Panthéon chinois. Socles en bois de fer sculpté. — Haut., 10 cent.; diam., 17 cent.

*23 — Jade blanc laiteux. Très beau vase en forme de sucrier, sur trois pieds, anses à animaux, le tout taillé et sculpté dans le bloc. Couvercle surmonté d'un bouton découpé à jour. La panse est couverte de sculptures très fines. — Haut., 16 cent.; diam., 19 cent.

*24 — Jade vert foncé. Très grand vase cylindrique supporté par cinq petits pieds très bas pris dans la masse ; entièrement sculpté et fouillé, représentant des paysages avec personnages. — Haut., 19 cent. ; diam., 18 cent.

*25 — Jade blanc laiteux. Grande plaque avec inscription dédicatoire gravée en creux et dorée. Support à coulisse en bois de fer. — Haut., 34 cent.; larg., 165 millim.

*26 — Jade blanc laiteux. Deux coupes sans sculptures. — Haut., 5 cent.; diam., 13 cent.

*27 — Jade blanc brut. Gros caillou naturel de jade, avec une partie de son écorce jaune. Commencement de sculptures très fines sur chacune des faces principales. — Diamètre maximum, 13 cent.

*28 — Jade blanc. Groupe formé d'un vieux bonze et de son jeune disciple. — Haut., 18 cent.

*29 — Jade gris vert. Deux coupes plates gravées au chiffre impérial des Ming. — Diam., 17 cent.

*30 — Jade blanc. Petit bouquetier. — Haut., 12 cent.

*31 — Jade blanc. Flacon-tabatière avec fleurs et animaux sculptés en relief. Le bouton de la spatule est un gros rubis cabochon. — Long., 5 cent.

*32 — Jade blanc brut. Autre tabatière creusée dans un caillou brut en forme de pyramide triangulaire. Bouton en jade vert émeraude. — Long., 5 cent.

*33 — Jade blanc laiteux. Groupe de gourdes de différentes grosseurs, reliées entre elles par leurs tiges enlacées sur lesquelles sont posés des insectes; entièrement fouillé à jour. Socle en bois de fer. — Haut., 11 cent.

*34 — Jade gris. Grand vase en forme de sphéroïde aplati entièrement sculpté sur la panse. — Haut., 8 cent.; diam., 17 cent.

*35 — Jade blanc. Limon à sept pointes, dit « dent de Bouddha ». — Long., 8 cent.

*36 — Jade blanc de lait. Boîte baguier avec couvercle incrusté de jade de diverses nuances, d'agate et de rubis rose. — Haut., 9 cent.; larg., 6 cent.

*37 — Jade blanc. Groupe fouillé à jour, représentant un enchevêtrement de plantes et d'animaux; socle en marbre noir. — Haut., 8 cent.

*38 — Jade blanc. Anneau impérial pour le tir de l'arc avec inscription gravée en creux et dorée.

*39 — Jade blanc. Cachet à plaque non gravée, le bouton formé d'une chimère. — Côté, 35 millim.

*40 — Jade blanc. Petit lapin avec support en bois de fer.

*41 — Jade blanc. Petit coq avec support en bois de fer.

*42 — Jade blanc. Petit levrier avec support en bois de fer.

*43 — Jade blanc. Personnages sur un buffle; socle en os teint en rouge.

*44 — Jade blanc. Deux petits Chinois frappant sur un gong.

*45 — Jade blanc. Petit presse-papiers monté sur marbre noir.

46 — Jade blanc. Petit cheval couché.

47 — Jade blanc. Deux petits bonzes.

48 — Jade gris. Petite coupe unie.

49 — Jade blanc. Petit seau.

50 — Jade blanc. Petit vase.

51 — Jade vert. Petit vase sculpté.

*52 — Jade gris. Petit vase cylindrique avec doublure et fond en bronze, supporté par trois petits personnages. — Haut., 35 millim.; diam., 4 cent.

53 — Jade blanc. Anneau sculpté (rats et chimères).

54 — Jade blanc. Anneau sculpté à trente-huit saillies.

55 — Jade blanc. Bout de pipe.

56 — Jade blanc. Amulette en forme de polissoir, percée d'un trou où est passée une attache en soie.

58 — Jade blanc. Autre petite amulette sculptée.

59 — Jade blanc nuancé rouge. Petite chimère.

60 — Jade blanc nuancé rouge. Cigale sur une feuille.

61 — Jade blanc nuancé rouge. Chimère sur un socle percé en longueur.

62 — Jade blanc nuancé rouge. Chimères sur une colonne creuse.

63 — Jade gris verdatre. Quatre petits singes : l'un assis, l'autre nageant, le troisième et le quatrième se grattant.

Voir encore aux nos 69, 107, 150, 182.

BOIS SCULPTÉ

*64 — Racine de bambou. Deux personnages dont un poussah, sur double socle en bois de fer, l'un formant coussin, l'autre support à quatre pieds élevés. — Hauteur totale, 27 cent.

65 — Racine de bambou. Chien fantastique sur un socle en bois de fer. — Haut., 23 cent.

*66 — Bois de fer. Petite statuette de Confucius (?) couché, sur un socle en même bois. — Long., 9 cent.

67 — Bambou. Deux buffles avec enfants pour conducteurs.

68 — Bambou. Petits Chinois dans une barque.

*69 — Bois de fer et jade. Main de justice ornée de trois écussons en jade grisâtre travaillés à jour et terminée par deux longs glands en soie jaune, marque de la délégation impériale. — Longueur du bois, 52 cent.; longueur des glands, 54 cent.

70 — Bois de (?). Porc hermaphrodite (?), corps peint en noir, portant une selle peinte en rouge, idole ou porte-bonheur (?). — Haut., 115 millim. ; long., 25 cent.

71 — Bois de fer. Encadrement et support d'une grande glace. La glace et son cadre s'engageant à coulisse dans un support vertical en bois de fer. — Haut., 72 cent.; larg.; 470 millim.

*72 — Bois de fer. Petit miroir dans un cadre en bois de fer.

73 — Collier de mandarin en bois léger sculpté.

74 — Racine de fougère arborescente naturelle, formant une sorte d'étui cylindrique, avec bouchon en bois de fer et pied carré sculpté du même. — Haut., 29 cent.

75 — Souan-pan ou planchette à calculer.

76 — Noyaux sculptés montés en bracelet, dans un écrin chinois.

*77 — Modèle de pagode en bois sculpté, peint et doré; fenêtres et portes sculptées à jour: la porte s'ouvrant sur charnières. Toit peint en rouge et en vert, le dessus imitant des tuiles. — Haut., 1 m. 5 cent.; long., 1 m. 10 cent.; profond., 80 cent.

Nombreux supports en bois sculpté.

IVOIRES

78 — Grande boule en renfermant sept autres concentriques; le tout taillé dans la masse. D'un côté, une sorte de manche très orné, suivi d'une chaîne et d'un crochet; de l'autre, un cul-de-lampe terminé par un gland en soie rouge; le tout, sauf le gland, taillé dans un seul morceau. (Avec boîte-écrin.)

79 — Petite boule percée de vingt-quatre trous par lesquels sortent vingt-quatre pointes mobiles dans leurs alvéoles.

80 — Grand coupe-papier sculpté.

*81 — Magot ou poupée; tête et mains en ivoire peint.

82 — Branche d'arbre avec feuillage.

83 — Collection de petits personnages; tête et mains en ivoire peint, corps en porcelaine.

MATIÈRES DIVERSES ET BIJOUX

*84 — Cristal de roche teinté vert. Bouquetier double, imitant deux tiges de bambou accolées, avec branches et feuilles détachées prises dans la masse; panses finement sculptées. — Haut., 155 millim.; larg., 11 cent.

*85 — Ambre jaune teinté rouge. Gros bloc sculpté représentant le fruit impérial, avec un petit oiseau sur un des côtés; socle en bois de fer. — Haut., 6 cent.; diam., 4 cent.

*86 — Cristal de roche violet (améthyste). Chimère sur un socle en bois de fer. — Long., 6 cent.

*87 — Agate cornaline rouge et blanche. Groupe de fruits sculptés en relief, avec branches, feuilles, insectes, etc. ; socle en bois de fer.

*88 — Agate onyx. Champignons sur un socle en bois de fer.

*89 — Agate mousseuse. Petit poisson.

*90 — Agate jaspée. Petit coquillage.

*91 — Sardoine. Groupe de fleurs et fruits sculptés en relief.

*92 — Chrysoprase ou topaze verte. Groupe de fleurs et fruits.

*93 — Agate œillée et arborisée. Amulette : petite boule à suspension avec un petit coquillage en relief.

*94 — Agate sardonisée. Deux canards couchés sur un socle pris dans la masse.

95 — Jaspe. Deux chimères accolées formant une pyramide triangulaire.

96 — Agate jaspée. Deux anneaux sculptés en hélice, passés l'un dans l'autre.

97 — Jaspe sanguin. Petit magot.

*98 — Agalmatolithe. Élégant petit vase à deux anses percées à jour, avec anneaux mobiles; couvercle sculpté en relief. Il renferme huit petites coupes emboîtées les unes dans les autres. — Haut., 65 millim.

*99 — CORNE DE RHINOCÉROS couverte de sculptures en relief.

*100 — Montre de fabrication anglaise, montée sur diamants. boîtier en or richement émaillé; la montre est enchâssée dans un deuxième boîtier portant au dos une fine peinture en émail. — Diam., 53 millim.

Trouvée dans le Palais d'Été ; pour le porte-montre : (Voir n° 180.)

101 — Parure de femme chinoise ; curieux travail d'orfèvrerie. Le fond est en plumes bleues de martin-pêcheur; des perles fines, des pierres dures en plaque ou en cabochon, des morceaux de corail forment les ornements.

Elle se compose des pièces suivantes :

1° GRANDE BROCHE montée de quatre-vingt-dix perles baroques-doux ou entrenettes ; grand papillon dont les antennes flexibles sont terminées par une perle fine ;

2° PETITE BROCHE montée de quatre-vingt-quatre petites entrenettes et trente-trois petites perles de corail; trois papillons, dont deux plus petits ont aux antennes quatre perles blanches et quatre grains de corail ;

3° BOUCLES D'OREILLES montées de dix-huit perles fines et six pierres dures;

4° ORNEMENT DE CHIGNON comprenant vingt pierres dures et quatre perles fines, dont deux grosses baroques;

5° AUTRE ORNEMENT DE CHIGNON, petit modèle de chapeau de mandarin militaire ;

6° GRAND ORNEMENT DE BANDEAU;

7° PETIT ORNEMENT DE BANDEAU.

*102 — Trousse d'instruments de fumeur d'opium, avec chaîne de suspension en argent massif.

103 — Pièces de monnaies: médailles, lingots estampés, etc.

*104 — Nécessaire renfermant un grand nombre d'objets de toutes sortes : papeterie, jeux, cachets, amulettes, etc.

105 — Cachet en marbre gravé en creux.

106 — Petite boîte en bronze niellé.

*107 — Chasse-mouches avec manche en jade sculpté; crins bruns. — Longueur du manche, 17 cent.

108 — Tabatière en stuc blanc, à dessins céladon sur la panse, bouchon en rubis cabochon.

Tabatière en verre blanc de lait, bouchon rose.

Autre tabatière en turquoise verte de Sibérie, représentant un fruit sur lequel courent des feuilles; bouchon pareil.

LAQUES, INCRUSTATIONS

ET MARQUETERIE

a. — Laque de Pékin.

*109 — Grande boîte en forme de sphère aplatie, s'ouvrant en deux parties égales. Laque à quatre couches superposées, rouge, violette, verte et jaune; les sculptures fouillées à différentes profondeurs pour faire apparaître les couleurs. — Haut., 215 millim.; diam., 27 cent.

*110 — Plateau rectangulaire, à quatre couleurs comme la

grande boîte, et portant le même dessin. — Long., 215 millim.; larg., 13 cent.

*111 — Boîte à deux lobes en forme de nœud. — Haut., 5 cent.; long., 12 cent.

Elle renferme des parfums chinois.

*112 — Boîte sphéroïdale à côtes de melon. — Haut., 75 millim.; diam., 5 cent.

Laque très mince, soutenue par une simple toile remplaçant la carcasse habituelle en bois ou en carton.

b. — Bois laqué.

*113 — Deux petites boîtes en bois peint, sculpté à jour de seize empreintes de chiffres de la dynastie des Ming; couvercle ajouré représentant quatre chauves-souris; intérieur doré. Travail ancien.

c. — Laque du Japon

*114 — Grande boîte de forme carré long, à dessus convexe, angles arrondis; arbustes et fleurs en laque dorée sur fond noir. Travail ancien. — Haut., 7 cent.; long., 395 millim.; larg., 9 cent.

Elle renferme les éventails nos 152, 153 et 154.

*115 — Boîte hexagonale : Paysages en laque d'or en relief sur fond noir. Sous le couvercle, un premier plateau; au fond, un second plateau à cloisons avec long bouton central; elle porte trois petites boîtes en losange qui renferment des parfums chinois. — Haut., 6 cent.; diam., 13 cent.

*116 — Boîte trilobée, chaque lobe décoré d'une roue à dix augets. — Haut., 3 cent. ; long., 9 cent.

117 — Boîte quadrangulaire allongée, à dessus noir. (Moderne.) — Haut., 5 cent.; long., 24 cent.

d. — Laque de Canton.

118 — Grande boîte à thé, travail très soigné : Paysages or et rouge sur fond noir. — Haut., 12 cent.; long., 23 cent.; larg., 16 cent.

119 — Boîte à thé avec écussons sur fond blanc. — Haut., 16 cent.; long., 22 cent.; larg., 16 cent.

120 — Écrin laqué renfermant l'éventail n° 151.

e. — Laques diverses.

121 — Boîte en sphère aplatie, laque rouge flambée.

f. — Incrustations.

122 — Deux boîtes en bois de fer à incrustations de nacre, travail cochinchinois. Ces boîtes servent à renfermer la noix d'arec, le bétel et la chaux éteinte pour les chiqueurs de bétel.

123 — Deux plateaux-supports. Même travail.

PORCELAINES ET FAIENCES

124 — Deux potiches en porcelaine ancienne, décor à camaïeu bleu, couvercle à bouton. — Haut., 28 cent.

*125 — Petit vase en craquelé ancien, avec frises en relief et anses en bronze émaillées noir ; socle en bois de fer. — Haut., 175 millim.

*126 — Bouquetier formé de trois gourdes réunies ; l'une, haute de 11 cent., est blanche ; la moyenne, 85 millim., gris rosé ; la troisième, 75 millim., jaune clair ; fleurs et feuillages en émail courant sur le tout. Une cigogne émaillée se dresse entre les trois.

*127 — Théière à goulot supérieur sans bouchon. La panse porte une inscription faisant le tour du vase ; chauve-souris à la naissance du bec. — Haut., 115 millim. ; diam., 11 cent.

128 — Vase cylindrique avec paysages en couleur. — Haut., 12 cent.

129 — Potiche fond blanc, à personnages, porcelaine de Canton, anses teintées en bleu.

*130 — Faience ancienne. Statuette de la déesse Kwân-yn. Cette statuette est creuse, et un trou carré pratiqué dans le dos permet d'y introduire des rouleaux de prières et de menues offrandes. Elle est revêtue d'une robe à capuchon en canevas de soie brodé. (Voir n° 169.) — Haut., 19 cent.

*131 — Théière à bain-marie ; porcelaine ancienne. Personnages en bleu sur un fond de nuages rouge cuivre. — Haut., 19 cent.

132 — Brûle-parfums en terre émaillée, avec couvercle; anneaux mobiles, porté sur trois pieds.

133 — Petit éléphant en porcelaine ancienne émaillée.

134 — Deux petits bains-marie, avec tasse.

135 — Tasse antique avec sa soucoupe : personnages noir et rouge.

136 — Service en porcelaine peinte, marquée de trois chauves-souris; il se compose de trois plats, onze assiettes, treize soucoupes, onze bols, six tasses et dix saucières en forme de cuillère.

137 — Collier de mandarin en stuc vert d'eau et rouge, avec pendeloques diverses.

ALBUMS

DESSINS, ÉVENTAILS ET ÉCRANS

*138 — Trois albums avec couverture en bois portant un titre gravé et coloré en bleu; à l'intérieur, le chiffre de l'empereur. Ces albums renferment de très belles aquarelles, savoir :

A. Fruits. — *B.* Poissons. — *C.* Paysages.

*139 — Album couvert en bois d'ébène, avec titre sur papier. Il renferme seize sujets gouachés sur feuille de tilleul collée elle-même sur un fond bleu, et représentant les

Transformations des Bonzes. En face de chaque sujet peint, et sur une feuille pareille, un texte en caractères très gras.

140 — Album ancien, couverture en cartonnage de soie, représentant à l'aquarelle des scènes de la vie chinoise.

141 — Trois albums oblongs, cartonnage fantaisie, renfermés chacun dans un étui en carton. Peinture, à couleurs vives sur pâte de riz, contenant respectivement :

A. Douze scènes de comédie ; très riches costumes. — *B.* Douze dessins de bateaux et jonques. — *C.* Douze planches de papillons et autres insectes.

142 — Album relié à l'européenne, renfermant seize épisodes de la conquête de la Chine par les Mandchoux.

*143 — Très grand album, reliure européenne. Il renferme onze aquarelles sur soie représentant des oiseaux grandeur nature, se jouant sur des branches d'arbres en fleurs.

*144 — Grande bannière de pagode : soie brochée doublée de satin ; fines peintures à la gouache, représentant le Bouddha actuel, ayant à ses côtés les deux Bouddhas de l'avenir, et derrière lui la foule des bienheureux parvenus grâce à lui dans le Nirvâna, recevant les hommages des délégués du monde entier. Au dos, une prière en thibétain, mandchou, mongol et chinois.

*145 — Bannière peinte à l'aquarelle sur papier et bordée de soie : Vue à vol d'oiseau du palais de Yuen-min-yuen.

*146 — Grand rouleau de dessins et d'inscriptions sur soie.

147 — Deux gravures faites en Chine en 1770, par un mis-

sionnaire Jésuite et représentant : l'une, l'Entrée d'un empereur dans son palais; l'autre, une bataille. Encadrées sous verre.

148 — Livre chinois en seize cahiers, représentant une collection d'objets d'art ; gravures sur bois, avec l'explication en face.

149 — Une des éditions du livre des *Récompenses et des Peines* ou *Morale en action*. Quatre cahiers avec gravures sur bois.

*150 — Éventail-écran en plumes d'aigle, manche en bois, portant une chauve-souris en relief; un cordon de soie supporte un petit bélier.

151 — Grand éventail en laque de Canton : personnages à têtes d'ivoire et costume de soie. (Dans un écrin laqué, n° 120.)

*152 — Riche éventail pour femme, monture en bambou; peintures très fines gouachées sur soie; riche étui à personnages. L'éventail est tenu serré par deux boutons en malachite.

*153 — Riche éventail, monture d'ébène niellé ; grandes fleurs violettes à l'aquarelle; étui à jour, en tissu d'or et d'argent.

*154 — Éventail monté sur bois dur; petit chien chinois en or et argent sur fond vert d'eau ; étui en étoffe de soie.

·155 — Deux grands éventails à manche de bambou sculpté : personnages divers dans un paysage. Gouache.

·156 — Divers éventails disséminés dans les vitrines.

157 — Deux tout petits albums couverts en bois niellé; pièces de poésies écrites au pinceau; gardes semées de paillettes d'or.

ARMES ANCIENNES

158 — Collection d'armes anciennes, savoir :
A. Fusil à mèche. — *B*. Sabre courbé. — *C*. Sabre droit. — *D*. Arc et flèches de guerre. — *E*. Arc et flèches d'ex-voto. — *F*. Pistolet à mèche.

OBJETS DIVERS

159 — Deux pipes, avec fourneaux de rechange et objets divers servant aux fumeurs d'opium.

160 — Petit modèle de parasol en papier huilé, carcasse en bambou.

161 — Étui-nécessaire à manger, contenant le couteau, les baguettes d'ivoire et le racloir. L'étui en galuchat vert.

162 — Boîte cartonnage en soie renfermant des bâtons d'encre de Chine.

163 — Parures diverses en fleurs artificielles (chenille) mélangées de perles, à l'usage des femmes du peuple.

164 — Violon chinois.

165 — Moulage en plâtre d'un pied de femme chinoise.

*166 — Sablier en peau de chagrin

167 — Collection de statuettes en terre glaise séchée au soleil et peinte : types divers de la vie chinoise, reproduits avec une très grande vérité.

168 — Pipe à tabac avec blague et briquet.

*169 — Cierge moulé, trouvé brûlant devant la statuette, n° 130.

170 — Modèles de sabres en sapèques.

171 — Coquillages divers.

ÉTOFFES

VÊTEMENTS, BRODERIES

*172 — Robe d'empereur en soie orange, très richement brodée ; écussons formés du dragon impérial à trois griffes (En pièce.)

*173 — Une seconde robe pareille, également en pièce.

*174 — Petite robe pour empereur enfant, satin jaune bouton d'or, avec écusson formé du dragon à cinq griffes.

*175 — Deux pièces de satin jaune brodé (6 et 7 mètres sur 76 cent.)

*176 — Pièce de satin vert brodé en couleurs (8 mètres, sur 80 cent.)

*177 — Deux rouleaux de satin jaune broché à sujets.

*178 — Pièces diverses de soie brodée pour monter en meubles.

*179 — Sachet ou blague en soie jaune brochée.

*180 — Porte-montre en soie (supporte le n° 100).

181 — Costume complet de mandarin, composé de : pantalon satin brun, robe de dessus satin brun, paire de jambières, tour de cou en loutre, chapeau d'hiver, chapeau d'été, queue de cheveux montée pour mettre avec le costume.

182 — Queue de paon avec manche en jade décorant le chapeau d'hiver.

183 — Cinq boutons-globules, insignes des grades, savoir : Cuivre : sous-lieutenant. — Bleu : officier supérieur. — Cristal : grand personnage. — Blanc mat : capitaine. — Corail : officier général.

184 — Bottes en satin noir.

185 — Paire de souliers de lit pour femme renfermés dans des socques brodés.

186 — Paire de souliers à bateau pour femme cantonnaise.

187 — Deux paires de souliers à hautes semelles pour femme tartare, à Pékin.

188 — Chaussures pour homme.

189 — Petits souliers d'enfant.

190 — Pièces préparées et brodées pour monter en chaussures.

191 — Costume de femme, savoir : pantalon noir en crêpon brodé au bas, pantalon crêpe rouge brodé au bas, jupon rouge richement ornementé, veste en soie bleue, à manches pagodes, veste en crêpe vert ouatée, jupon crêpe gris richement brodé.

www.ingramcontent.com/pod-product-compliance
Ingram Content Group UK Ltd.
Pitfield, Milton Keynes, MK11 3LW, UK
UKHW021036260726
13994UKWH00005B/2197

9 782329 435015